The Dog Who Lost His Bark

我想聽見你的聲音

歐因·柯弗 ————— 著
EOIN COLFER

P. J. 林區 ————— 繪
P. J. LYNCH

趙永芬　譯

獻給 Aimee, Ciarán, Aoibhe, Claire 與 Seán，
以及住在濱海小鎮 Kilmuckridge 的愛狗家族 Toner

歐因・柯弗

本書獻給 Ken, Danann 與 Genevieve

P. J. 林區

目錄

一個有影響力的好故事

文／李苑芳（貓頭鷹親子教育協會創辦人）

我們都知道，要影響人，最好的方式就是「說故事」！

因為「故事」能讓人在較「不防備」的情境，打開心胸好好的聆聽；藉由故事，獲得重新修正、提升自我知見的機會。然而，如何寫一個好故事呢？

台灣兒童文學作家林良先生和美國知名的兒童文學作家貝芙莉‧克萊瑞女士都認為：一個好故事，應該要寫得簡單又有趣，才能吸引人閱讀。

《我想聽見你的聲音》是一本涉及寵物虐待、棄養、照顧以及父母離異等議題的兒童文學，在作者歐因‧柯弗和繪者P.J. 林區的通力合作下，竟能揉和成一本輕薄簡短、好懂易讀的少年小說。最難能可貴的是：在簡淺的文字下，總是蘊含著許多發人深省的議題可深究；也因此，造就它具備了跨年齡（6至12歲）閱讀的稀有性！由於它的議題是如此的豐富，亦是一本適合選入師生、親子或同儕讀書會的書單之一！

一本能影響人的好書，需要提供一個讓讀者思考、判斷的空間，以培養其思辨的能力。

這本書，是這樣開始的：那個大嗓門男人叫牠小狗。或是狗兒。或是雜種狗。

光是這幾個字，就讓人嗅到一股不友善的味道。而左邊的插畫，則畫著一隻小狗，不安的坐在一窩沉沉入睡的小狗之

中。這文字和插畫互相呼應，形成一股強烈的力道，緊緊的扣住你的注意力，往下讀下去。

接下來的文字，描述小狗對大嗓門男人的腳步聲與氣味的感受和反應。這時小讀者會打開自己的生命經驗，與故事情節做比對；比對得愈吻合，孩子愈能將自己投射到文本裡去，投射得愈深，就愈能從中產生「同理心」。對小讀者而言，這段文字除了做內在的比對外，還會進行外在認知的核對；當孩子發現「狗兒是透過氣味去感知這個世界」，孩子立刻把存在腦海裡「狗兒四處嗅來嗅去」的記憶，喚出來，核對後，重新整理成屬於自己的深刻理解；從此，再看到小狗時，已不是過去膚淺的「被告知」知識，而是有自我的主觀意識了！

還有，在第一章後半段，作者把小狗和第一個飼主一來一往的互動鉅細靡遺的描寫出來，以不具批判性的書寫法帶著我們進入故事現場，靜靜的站在一旁看著、聽著；透過這樣的觀察，提供我們一個絕佳的「判讀」空間；這種判讀，是屬於自主性的，在這種自主性的判讀下，才能對自己產生影響力，甚至改變自己的價值觀！

故事的結尾將焦點轉到「信守承諾」之上；所有的問題根源瞬間浮出檯面：流浪狗的問題來自飼主背棄了收養寵物的承諾、孩子的行為問題來自父親背棄了婚姻的承諾；我們從故事中看到遭受背棄者內心造成莫大的傷害，需要有人願意付出更多的愛與耐心，才能將個體對愛的信任重新召喚回來，以重獲被愛與愛人的能力。或許，作者最想藉由這個故事，跟我們好好想想該如何保守自己的心，成為一個真正「信守諾言」的人！

第一章

那個大嗓門男人叫牠小狗。

或是狗兒。

或是雜種狗。

但多半時候都叫牠小狗。

一聽見大嗓門男人的靴子邁著沉重的步子慢慢走下樓梯，或是聞到他身上的酸味，小狗就躲得離門邊遠遠的，鑽進一團蠕動的軟毛堆裡——那是牠的兄弟姊妹。小狗躲在一群幼犬的牙齒和小爪子後面，躲在毛乎乎的狗肚皮和搖來搖去的狗尾巴底下。

但絕對不要靠近愛咬鬼。「愛咬鬼」喜歡亂咬，不光是像別的幼犬那樣咬好玩的，而是一大口咬下去，疼得小狗忍不住尖聲哀號。那一點也不帥。愛咬鬼不帥，媽媽偶爾用下巴輕輕將愛咬鬼從一窩幼犬中叼走，可是牠總是一下子又回來了。

小狗想到一個解決的辦法——要是愛咬鬼靠近，就把口鼻伸進牠的耳朵裡大叫：汪！汪！汪！

連續吠叫三聲。愛咬鬼被耳朵裡的噪音吵得昏頭昏腦，就會跑上好幾圈，然後睡著。

小狗發現這個絕妙招數時，媽媽舔了牠好幾下，真是太帥了。

有人走進門來看幼犬。人的鞋子和衣服將外頭的氣味帶到裡頭。小狗的媽媽以舔舐、吠叫和低吼來解釋那些氣味。

這個氣味是「草」。

那個氣味是「雨」。

當外頭來的人指著牠一個個兄弟或姊妹時，大嗓門男人就會從籃子裡抱起那隻狗。接著人會交給

大嗓門男人幾張劈啪響的紙，然後狗兒便同那人一起離開，從此再也不會回來。小狗覺得難過，因為不希望自己跟牠們一樣離開媽媽，所以有人來的時候，小狗就躲在媽媽身後。

小狗的媽媽嗅著牠，從牠的氣味中聞出悲傷。媽媽教牠不要悲傷：

別擔心。總有一天，你的男孩或女孩——一個適合你的人類會來到這裡。那個人會帶你到美妙的外頭，對一隻狗來說，那是最棒的事。

小狗沒有完全停止悲傷，因為不管牠的人類多

麼完美，牠仍然會想念媽媽。不過現在牠心中也充滿了希望，因此有人來的時候，牠不再躲到媽媽身後。如果媽媽說世上有個適合自己的人類，那就一定有。而那個男孩或女孩會帶牠到外頭去。

大嗓門男人用拖把和刷子清理房間時，小狗會被帶到外頭，但只會去院子。那裡鋪了磨平的石頭，只有幾根青草從縫隙竄出來。花盆裡曾經開出一朵花，可是被愛咬鬼吃掉了。小狗嚮往院子以外真正美妙的外頭，雖然牠還是有點怕人，但人會帶牠出去——所以有人過來往籃子裡頭看的時候，牠不再把自己滾成一顆球。

過了不久，媽媽身邊只剩下兩隻幼犬——愛咬鬼和小狗。有些小人兒曾指著要愛咬鬼，但愛咬鬼總想要咬人，而且人們不懂得怎麼用那個「厲害的絕招」，於是愛咬鬼又被放回籃子。

一天上午，滿窗子都是燦爛的陽光，有兩個人來看小狗。一位男士和一位女士。那位女士指著小狗。

聞到大嗓門男人手指的氣味愈來愈接近，小狗好害怕。不過有旁人在，大嗓門男人就會假裝友善。

假裝的氣味就像有時大嗓門男人倒進狗碗裡的燒焦食物,大嗓門男人輕輕從籃子裡抱起小狗,然後遞給那位女士。

那位女士聞起來像花朵，不像燒焦的食物，小狗期待自己若是和這兩人一同離開，一切都會棒透了。

　　小狗很快就發現一切都不會棒透了。

　　一切都很糟糕。

第二章

　　那位女士將小狗放進一個黑漆漆的盒子裡，側邊穿了幾個氣孔，還有一些給牠睡在上面的稻草。可是盒子好小，小到連一隻狗也無法伸直爪子。

　　不棒，小狗想。不過等到盒子被拿到樓上時，牠忘了困惑，牠在外頭聞到了整個世界。

　　噢，那些氣味。

　　那些氣味使牠皺起鼻子，忍不住咳嗽幾聲。

　　小狗的舌尖嘗得到那些濃烈的味道。

　　小狗興奮的吠叫又吠叫，直到那個男人用手拍

打紙盒，拍得小狗的腦袋瓜響個不停。牠不叫了。

他們坐在一個轆轆作響又會發抖的機器肚子裡，展開一段旅程，對小狗來說，這是一件新奇的事，所以牠分辨不出到底帥不帥。這段機器旅程在幾聲喀嚓喀嚓，一聲嘎吱後結束。

小狗心想，也許現在牠可以待在外頭的世界，在那裡，腳爪底下感受到許多新鮮的氣息，好想追逐那些機警而且跑得很快的東西──小狗不知道那究竟是什麼，但牠覺得就在外面，而牠應該抓住。可是人沒放牠出去，反而將牠和紙盒留在機器裡，那臺機器喘了口氣，就慢慢睡著了，只剩下又冷又

餓的小狗。

又冷，又餓，又睏。

小狗睡醒時，已經來到室內一個新的地方。牠聞到一種氣味，牠知道那是一棵樹。牠聞過樹的味道，通常都是從敞開的門，或人的手上溜進來的，但這棵樹不是。這棵樹就在附近。

一棵在室內的樹？小狗想。媽媽教過，樹只有在天空底下才找得到，是往上頭撒尿用的。一棵在室內的樹似乎很奇怪，但也挺帥的。

小狗用鼻子戳著氣孔，正想好好聞一聞，忽然一陣吵雜，裡面這個地方爆炸了，活蹦亂跳起來。小狗聽見一聲響亮的呼嘯，一個孩子砰砰砰下樓了。以前大嗓門男人下樓時，砰砰聲緩慢許多，這個孩子卻是十萬火急。呼嘯聲愈來愈響，小狗既害怕又興奮。孩子聞起來沒有酸味，而是牛奶和溫暖的毛毯味。

牛奶，小狗想起自己有多餓，然後吠叫出這個字：牛奶，牛奶！

孩子拉開小狗的盒蓋，小狗看見一位有張闊嘴和滿臉橘紅色雀斑的小男孩。他兩隻手伸下去，一把將小狗高舉到空中。小男孩一圈一圈旋轉小狗，咯咯笑個不停。小狗看見自己身在一個黃色的房間，有軟軟的椅子和一棵樹，樹上到處掛滿了燈，樹頂還有一顆星星。那些燈在小狗咻咻飛過時拉──得──長──長──的。幾個較大的人站在小男孩周圍拍手唱歌。

也許，小狗想，也許未來會很棒。也許這個男孩就是我的男孩。牠吠叫出這幾個字：我的男孩！我的男孩！

可是滿臉笑容的男孩沒看到，反而放下小狗，對牠發出聲音，同時大個子男人拿出一條項圈緊緊拴住小狗的脖子。

　　小男孩發出的一種聲音是「坐下」。

　　另一種聲音是「舉起前腳」。

　　小男孩一次又一次發出這些聲音。小狗除了喘氣，什麼也沒做，男孩又發出另一種聲音。

　　那聲音就是「笨狗」。

　　然後小男孩不再微笑，他臉孔扭曲的模樣，讓小狗想到大嗓門男人。

　　「笨狗，」男孩說：「笨狗。」

　　小狗輕輕的嗚咽一聲，向男孩表示那聲音多麼不帥。

　　男孩顯然不懂小狗的意思，因為他又發出了同樣的聲音：「笨狗。」

　　而且這回小男孩用手指戳了小狗的肋骨。

　　小狗嗚咽得更大聲了。好疼啊，小狗想著，這不是我的男孩。

牠設法躲開男孩戳來戳去的手指，可是被椅背擋住了。

大家都哈哈大笑起來，看來他們很喜歡小男孩的把戲。小男孩抓住小狗的尾巴高高拎起，他們笑得更大聲，小狗覺得尾巴好像快要被扯斷了，那麼牠就會變成一隻失去平衡的狗！牠將永遠無法在遼闊的外頭飛快奔跑，或是高高的蹦跳到空中。

該怎麼辦？

亂戳的男孩將臉湊近小狗的臉，然後發出刻薄的聲音：「笨狗！」

小狗瞧見男孩的耳朵，想起自己用來對付愛咬鬼的厲害絕招。牠並不想用那一招，但覺得尾巴漸漸開始斷裂，所以小狗把鼻子伸到男孩耳朵裡，然後吠叫：汪！汪！汪！

接著發生的第一件事不錯，因為男孩放掉了小狗的尾巴，不過第二件事就很糟糕。

男孩哭喊與哀號得比小狗更大聲，他大哭大叫，接著摔了一跤，跌進樹裡，小狗聽見男孩繼續

在那棵樹底下哀聲叫嚷。

　　大個子男人發出聲音：「我的老天。」

　　說完，他便抓起小狗，丟進一個吵雜的小房間，裡面有兩個方方的怪物，長了閃爍發亮的眼睛，以及轉個不停的圓形嘴巴。

◆　　◆　　◆

　　小狗在那個房間裡待了好久，根本沒看到很棒的外頭。人給牠食物，但小狗知道那些食物不新鮮，因為小狗吃了要不反胃想吐，要不就是硬得要命，不得不把食物從狗碗裡咬下來，使勁啃才吃得下去。偶爾那位女士會給牠乾淨的水，其他時候的水一點也不清澈，但小狗實在太渴，還是統統喝掉了。

　　發亮的紅白方塊地板很滑，每當那位女士走進來時，都大聲喊著：「待著！待著！」

　　小狗慢慢猜那個聲音的意思是「不要動」。對一隻待在滑溜地板上覺得好冷的小狗來說，實在很難做到。

如果動了，就沒有食物可吃。儘管這些人難得
餵一次狗，卻天天拿衣服和毛毯餵兩個方方的怪物
吃，怪物嚼完以後就會睡覺。就算怪物睡著了，
小狗還是害怕，寧願盡可能離它們遠遠的。
牠在拖把和刷子後面騰出一個空間，然後
隔著空隙窺視兩個怪物。

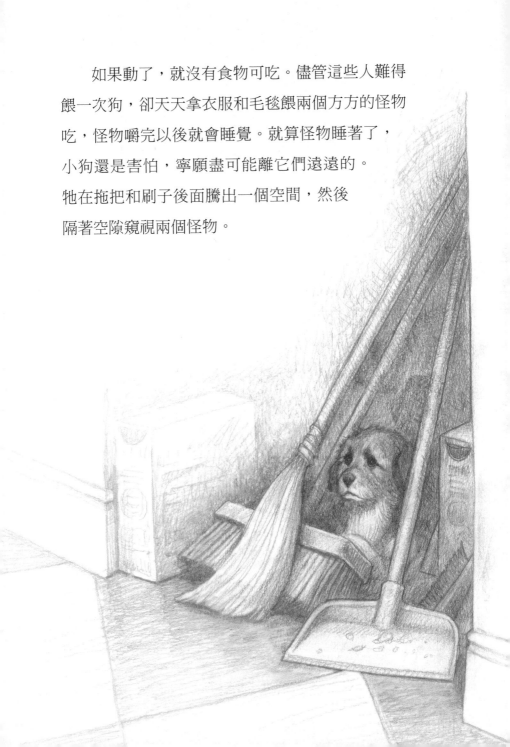

　　小狗沒有可以大小便的地方，只好拉在地板上找到的紙。記得牠還窩在籃子裡時，人們若是發現有狗在地板上便便或尿尿的話，肯定氣得發瘋。愛咬鬼常常撒尿在籃子的邊緣，大嗓門男人總是抓起一支拖把追牠，嘴裡大聲罵著什麼。每過幾天，大個男人會把髒紙包起來帶走，因此小狗覺得在紙上大小便一定沒錯。

　　一天早上，牠在紙上滑了一跤，弄得屎啊尿的到處都是。小狗發出哀鳴，因為牠知道人們會氣得發瘋，不過牠實在猜不出會怒到什麼程度。結果那女士和那男人看到地板骯髒成那樣，兩人都大呼小叫的臭罵。

「壞狗！笨狗！」

牠們一遍又一遍嘶吼，接著兩人開始互罵，罵著長長的聲音。夾在他倆雙腿之間的男孩一邊手舞足蹈，一邊叫道：「便便狗。」

就是這個聲音，逼得大個男人暴怒得跳了起來。小狗瑟縮在牠的拖把堡壘中。連大嗓門男人也從來沒有這麼生氣過。男人對小男孩抖動兩隻拳頭，並且用手指著每個人。接著他猛然推開拖把和刷子，伸手進去裡面抓住小狗。他也拆了地板，從沉睡的怪物底下撕扯下來，捲起來，然後使勁拉著項圈拽起小狗，把牠塞進裡面。

小男孩說：「便便笨狗再見。」

小狗從此再也沒見過那男孩了。

男人開著隆隆作響的機器，遠離愛亂戳的小男孩。這會兒已經是晚上了，所以小狗從捲起的紅白方塊地板縫隙中看不到什麼，只看見好似飄浮在空中的橙色燈光。機器在一個安靜的地方停下，那裡聞起來有腐爛食物和塑膠的味道。男人發出生氣的噪音，可是附近沒有聽得懂的人。他從機器裡拋出地板，讓它滾下山坡，然後在一塊草地上攤開。小狗掉了出來，渾身發抖，牠終於在外頭了。但外頭一點也不棒！這完全不是牠夢想中的樣子。

男人站在山丘頂上。「待著，」他說：「安靜。」說完轉過身，便開著他的機器走了。

小狗確實不敢動，牠也停止吠叫，
因為吠叫的意思就是沒東西吃，
吠叫的意思就是大麻煩。

牠待著不動，好久好久。

牠沒有吠叫。

反正也沒食物可吃。

第三章

　　派屈克・柯恩的外公總是說派屈克是個「很會問問題的人」。每當派屈克對什麼事感到困惑不解時，這話尤其真確，此刻他坐在媽媽身邊，在開車前往城市的路途中，就想不通一件事。

　　「為什麼我們整個夏天都要住在外公家呢？」

　　媽媽吃驚得跳了一下，每當她的思緒飄到千里以外時都會這樣。「你知道為什麼，親愛的。我們年年都會待在這裡度假啊。」

　　「不會待整個夏天。」

「因為我們受到邀請，而且我要幫忙教外公的音樂班。額外的收入隨時派得上用場。」

派屈克生於音樂家庭。媽媽教鋼琴，外公是大提琴老師。派屈克會拉一點小提琴，他的爸爸在一個全世界巡迴表演的鄉村西部樂團當小提琴手。

「爸爸為什麼不來？」

「你知道為什麼，派屈克。爸爸在澳洲巡演。」

「他聖誕節就在澳洲，還有去年夏天。」

媽媽「哼」了一聲。「你爸在澳洲很受歡迎。真的很受歡迎。」

「澳洲之後呢？爸爸在澳洲表演完後會不會過來？」

「我想他之後還預定了幾場別的表演。有人談到紐西蘭。」

「他沒有跟我說。」

「做爸爸的不會總是告訴兒子所有的事。」

「爸爸總是會跟我說他的巡演。」

「嗯哼，什麼事都有第一次。」

「所以說，爸爸現在確定不會來了嗎？他之前說八月或許可以過來耶。」

「不會，派屈克。這回只有我們了。我們做得到，不是嗎？」

「我們做得到，但我不想。我可以打電話給爸爸嗎？」

「親愛的，澳洲現在是半夜。上床睡覺之前再打給他吧。我們在外公家會很好的。」

派屈克知道他們會很好。外公家是除了自己的家以外，全世界第二喜歡的地方。「可是我們是一家人，對不對？」

「也是外公的家人。」

「我知道。但不是一級家人。難道爸爸連幾天也不能來？」

在外公家度假時，爸爸通常都會為父子倆安排一個計畫。去年他們一起自製了一輛有手煞車的卡丁車。

媽媽吸了吸鼻子。「顯然是來不了。」

派屈克偷偷發了一則簡訊給爸爸。

爸，你不來外公家了嗎？

打電話給你唯一的兒子！☹☹☹☹

然後他繼續問：「妳說爸爸真的很受歡迎，怎

麼語氣那麼奇怪？」

媽媽好一會兒沒說話，然後不假思索的說：「我一直在想，這個暑假，要不要養一隻狗陪你呢？」

這話立即打斷了派屈克的思路。

一隻狗？可以養狗？

派屈克家從來不准養狗，因為爸爸對所有東西過敏。狗當然不行，還有貓、草、灰塵、橄欖樹、柳橙皮……

「爸，那養魚行不行？」派屈克有一次上小提琴課時問。

「我只愛音階（musical scales），不愛魚鱗（scale）。」爸爸笑著答道：「現在請練習你的音階。」

派屈克曾懇求爸媽養狗，也曾保證一定只讓狗待在院子裡，進屋時立刻換掉沾上狗毛的衣服，而且絕對不會帶進屋子。但答覆永遠都是不行。

而現在他可以養狗了，這麼突然？

有點不大對勁。

「那爸爸的過敏症怎麼辦？」

媽媽也有問題：「你到底想養狗還是不想？」

派屈克馬上點了點頭，明知自己是被收買，但他真的好想要一隻狗。

待會兒他再繼續問爸爸那個問題。

派屈克想要什麼狗都行。

「隨便你選。」隔天，外公駕車載他們到當地的動物收容所時就是這麼說的。「我唯一的條件，就是個頭要比小馬還小，」外公補充。「除此以外，隨我最喜歡的孫子愛挑哪隻狗，就挑哪隻。」

那是外公的小笑話，因為派屈克是他唯一的孫子。

不過他可以選任何想要的狗！那個部分不是笑話，而是美夢成真。派屈克在這個城市一個朋友也沒有，但要是有了可以一起玩耍的狗，一隻完全屬於他的狗，那就不是問題了。

來到動物收容所，派屈克本來可以挑選長了鬥牛犬下顎的波士頓㹴犬，或臉尖尖的指標犬，或渾身毛色像大麥田的拉不拉多犬。派屈克仔細看過每隻狗，隨即繼續走到下一個籠子。他停在那排最後一個籠子前面。他停下，也許是因為那是最後一個籠子，所以再也走不下去，也或許是籠子裡那隻小狗以某種方式呼喚了他。

派屈克注視這隻狗的時候，覺得牠可能會是未來的靈魂伴侶，而且這隻小幼犬似乎很寂寞。

這種感覺我懂，夥伴。

那倒不是說派屈克沒有朋友。他在家鄉有個特別要好的朋友艾瑞克，不過要到暑假過完後才會一起出去玩，因此派屈克現在其實沒有朋友。

　　狗兒發現有人在看，嚇得捲成一顆球，在全身深色毛皮中露出了一塊光禿無毛的白色。

形狀看起來好像澳洲耶，派屈克想起爸爸第一次去那裡巡演時，曾在地圖上指著那個國家給他看過——奧茲[1]，爸爸是這麼叫澳洲的。

　　「奧茲，」派屈克輕聲呼喚狗兒，但狗兒沒有拉直身體。「牠是什麼？」他問照護人員贊恩，贊恩的住處與外公家相隔兩條街，偶爾會去外公家下棋。

　　「是隻狗啊！」贊恩說：「開玩笑的。這隻就是我們所謂的米克斯混種狗，牠身上的品種太多，根本沒辦法一一辨識出來。肯定有狽犬的血統，或許還有一些貴賓犬，以及少許臘腸犬……如果我沒看錯的話。」

　　「我要養牠。」派屈克告訴外公。

　　「不，不，不……」贊恩企圖帶開他。「你不要選那隻狗。這個小東西需要格外悉心照料，牠飽受

---

1 原文OZ，Australia簡稱Aussie，音似OZ，因為好念也好寫，成為澳洲的別名。

磨難，需要大量一對一的相處才激發得出牠的另一面。你還小，這份責任對你來說太重了。」

派屈克站定了。「我要牠，外公。你說我想選什麼狗都行，而且牠比小馬小多了。」

「不知道耶，」外公說：「你媽和我大部分時間都在工作，養狗是很大的責任。或許我們應該聽贊恩的建議。打從他自己還像小狗那麼小時，我就認識他了，他不會帶我們往錯的路上走。」

「這位睿智的人說的是實話，」贊恩笑著說：「我是專家。我不是不喜歡這隻可愛的小狗喲——我真的喜歡，不過牠有漫漫長路要走，才會學著開始相信人類。這隻可憐的狗經歷過一段艱難時期。我們發現牠的時候，牠已經餓得半死，被人遺棄在垃圾場。我檢查過晶片，發現我認識當初賣掉牠的寵物商。老實告訴你，算不上什麼好人。這小東西受到的創傷之大，連吠叫都不會了。」

沒有用。贊恩大可說上一整天，派屈克也不會改變心意。因為他已經看到了未來，而奧茲就在那

個未來裡面。

　「這隻狗，」派屈克邊說邊指著小狗。「牠的名字叫奧茲。」

　贊恩嘆了口氣。「對不起，我的芳鄰，」他對派屈克的外公說道：「名字都選好了。你們有得累

了。」說完便走去拿領養小狗的文件。

外公微笑道：「我猜是吧。」

他蹲下來，好讓自己的頭和派屈克的頭同樣高度。祖孫倆凝望著籠子裡那隻悲慘的小狗。

「奧茲，呃？」外公說：「就像澳洲？」

「沒錯，」派屈克說：「我敢打賭爸爸也會喜歡這個名字。」

「也許吧，」外公說：「等他噴嚏打完以後。」

於是小狗發現自己再一次被人從籠子裡抱起來，放進了狗旅行箱。

糟糕，牠想。更多壞人。

牠決定盡可能保持安靜，這些新來的人才不會處罰牠，為了自己不知道錯在哪裡的事。

第四章

　　派屈克坐在外公車子的後座，身旁放著狗旅行箱和裡面的奧茲。「外公的屋子是整條街上最吵的，」他解釋。「尤其是現在。有個暑期音樂班正在上課。五個老師，學生有時候多到十二個。外公是所有一切的老大，活像是個拉大提琴的超級壞蛋。」

　　「嘿，」外公說：「說話沒大沒小。」

　　「我知道流浪犬可能會有點受不了那些吱吱嘎嘎的樂器，」派屈克繼續說著：「不過我有把握可

以讓你遠離大部分的噪音。我們會成為好朋友，奧茲。最好的朋友。」

小狗動也不動，生怕動一下就是錯誤的舉動。這個男孩看來滿和善的，但那是人類的把戲——先看起來開心，然後又發火。小狗再也不會上那個當了。

派屈克提著奧茲的箱子到樓上的房間，那是屋裡最安靜的地方——不過這間屋子沒有什麼真正安靜的地方。其他所有房間都響著笛音、琴音，以及學生和手上樂器搏鬥的尖銳聲響，許多噪音穿透天花板，飄進了派屈克的房間。派屈克把狗箱子放在窗內陽光直接灑入的方塊中，這才從口袋裡拉出一個信封。裡頭是贊恩用便條紙寫的一張注意事項，是他趁外公填寫領養奧茲的文件時寫的。

派屈克抖開便條紙，讀了起來。

一、小子，你確定要叫牠奧茲嗎？看來這隻狗將有好一段時間變不出任何魔法喲。[1]

二、如果你要繼續叫牠奧茲的話，那就每天至少叫牠一百遍，讓牠習慣。

三、奧茲需要一個有安全感好好睡覺的地方，一個屬於牠的位置，不能睡在旅行箱裡，不能睡在油氈地板上。為了某種原因，奧茲痛恨油氈地板，從來不肯靠近。

四、奧茲可能要過好幾天才肯吃東西。一直擺出新鮮的狗食給牠就是了。你要是願意在牠面前吃一點的話，可能會有幫助。我知道很噁心，但是你要這隻狗的。

五、還有，說到噁心，奧茲現在很容易緊張，所以隨時準備好清狗便的塑膠袋和殺菌劑在身邊。

六、這點非常重要：一隻不吠不叫的狗絕非快樂的狗。你需要教小奧茲重新學會吠叫。

七、最後，隨時（24/7）都可以打電話給我。為了奧茲，贊恩隨時有空，因為我為狗瘋狂。懂了嗎？

---

1 由於小狗的名字叫「奧茲」，聯想到美國作家包姆的作品《奧茲國歷險記》（*The Wizard of Oz*），也譯為《綠野仙蹤》。故事中有個奧茲國，由名為奧茲大王的魔法師統治。

派屈克讀了好幾遍,然後為了拿塑膠袋和熱狗,走到樓下的廚房好幾趟。

「好吧,夥伴,」他對蜷縮在箱子後面的小狗說,每次聽到樓下的鐃鈸一響,或喇叭一吹,小狗就緊張得顫抖一下。「我們開始今天的『叫你名字一百遍』。來吧,奧茲。開始吧,奧茲。你喜歡吃熱狗吧,是不是,奧茲?」叫過三遍了,派屈克想。還剩九十七遍。

將近晚餐時間,派屈克已經叫過一百遍奧茲的名字,最後一個音樂課的學生也被家長接走了。窗邊灑下陽光的方塊緩緩移到房間對面,然後消失不見,過了不久,月光取而代之。

派屈克踢掉鞋子,查看手機。

爸爸已回覆他之前傳的訊息「打電話給你唯一的兒子」:

待會兒回覆,夥伴。排練中。鼓手糟到令人難以相信。

派屈克因為奧茲太過興奮,沒多問鼓手的事。

我終於有一隻狗了！我按照你的巡演地點
為牠取名奧茲。牠不肯吃東西，甚至不肯走出
旅行箱。有什麼建議？

派屈克沒指望馬上會有回音，可是爸爸立刻回
覆了。

　　　奧茲？好名字！恐怕狗的事我幫不上什麼
忙。哈啾！傳照片給我。

派屈克拍了幾張照片傳出去，隨即回頭繼續訓
練。

　　　兩小時後，他已吃掉三支熱狗，只留一支，預
備給奧茲走出箱子的時候吃。接著吃得太飽又太睏
的派屈克就在地毯上睡著了，手裡還拿著那支剩下
的熱狗。

　　　小狗知道那個人類男孩是在給牠食物，牠確信
一定是個把戲。一旦吃了，就會發生什麼不好的
事，甚至可能是超級壞事。小狗不確定到底是什麼
超級壞事，但牠有百分之百的把握，人類的壞點子

肯定比牠知道的更多。所以儘管那食物聞起來多麼多麼美味，比小狗聞過的任何食物更美味，牠還是沒吃。牠能想像牙齒咀嚼時，食物在牙齒之間上下碾磨的感覺。那滋味將如何在牠的口中爆炸，趕走肚子裡的空虛。

　　不過男孩是不能信任的。沒錯，他們一開始滿臉笑容，然後不知不覺中，就伸出了亂戳亂捅的手指，所以小狗盡可能保持安靜無聲，將四隻爪子放在箱子裡。

過了好久好久，男孩睡著了。小狗分辨得出男孩是真的睡著了，因為人睡著時的味道不太一樣。比較冷。

　　小狗把鼻子伸出箱子，嗅聞空氣。

　　那味道竄進小狗的鼻子、充塞全身的同時，也讓牠覺得肚子好餓，那香味比任何繩子更強而有力，將小狗拉出了箱子，走向那叫食物的東西。小狗知道那是肉，吃肉能讓一隻狗強壯。媽媽以前用舔舐、低哼與抽鼻子告訴過牠，肉對狗來說，是最好的東西。

小狗利用所有偷偷摸摸的技巧向前潛行，牠的舌頭在那支熱狗的催眠之下伸了出來，輕聲喘著氣。牠餓得渾身骨頭發疼。牠知道只要沒有發出聲音，男孩就不會醒來，所以小狗小心翼翼的把爪子擺在地板上，才不會發出些微的聲響。牠很慶幸愛咬鬼不在，因為哥哥鐵定會吵醒人，緊跟著壞事又要開始了。

　　現在那塊肉離得好近，小狗好想一口咬下去。牠伸出舌頭嘗嘗，舔一下。味道真棒呢，於是小狗俯下身子，直接嚼碎男孩手上那塊肉。肉的滋味好得超出想像，小狗覺得如果牠想要的話，可以一蹦跳到天上。但小狗這會兒還沒準備要跳起來。

　　食物對牠也造成另一個影響。在偷偷溜進箱子之前，需要做一件事。而牠記得那段糟糕時光，每當狗兒在地板上做這件事時，人就會暴跳如雷。因此小狗便來回在附近尋找一個地方，做需要做的事。

　　牠很快就找到了理想的地點。

◆　　◆　　◆

　　過了一會兒，派屈克醒來，在地板上躺得全身
肌肉僵硬。他伸著懶腰，從手指尖伸展到腳趾尖，
然後想起新來的小狗。

「奧茲，奧茲，奧茲，」他說著，搶先叫起第二天的一百次名字。「小子，你還在箱子裡嗎？」

　　奧茲在箱子裡熟睡，在蒼白的月光下，派屈克看得見曾遭到虐待的可憐小狗身上那塊光禿禿的狗皮閃閃發亮。他的心因悲傷脹得滿滿的，他也很好奇自己是否擁有足夠的愛保護奧茲。

　　然後派屈克注意到他的手指被口水弄溼，手上最後一支熱狗也不見了。奧茲想必是趁他睡著時溜出來過。

　　「你漸漸懂得我的意思了，小子，是不是？」他低聲說著。他發訊息給爸爸：奧茲吃了一支熱狗。

　　片刻之後，爸爸回傳訊息：有效果了！

　　次日一早，派屈克穿上運動鞋時，才明白他也將和奧茲分享一隻鞋。噁心。而且這雙運動鞋是他最喜歡的，是左腳那隻。

第五章

　　派屈克有了小小的突破，但他明白要讓奧茲再度相信人類，僅靠幾支熱狗和充當便盆的一隻運動鞋是不夠的。

　　幸運的是，這棟屋子裡有一種魔法，而且剛好可能對症下藥。

　　除了沒上音樂課的星期天以外，魔法每天都滲入屋子的牆壁。派屈克太習以為常，所以覺察不到，也從來沒想到可能是突破的關鍵。因此在之後的幾天，為了找出自己和奧茲之間的連結，派屈克

　　反而努力想從媽媽買給他的書裡搜尋各種或許有幫
助的技巧。這本書的書名叫《一級棒狗兒養成術》。

　　第一章是〈社會化至關重要〉。派屈克查過字
典,「社會化」就是「與他人互動」的意思。他真
的很努力鼓勵奧茲,可是每當他嘗試引導小狗走出
臥房,奧茲都會發出一聲可憐的哀鳴,聽起來就像
人的哭聲,派屈克實在不忍心硬逼小狗越過門檻。

派屈克遵循書中的每個步驟。他學狗一樣在地板上爬。用輕柔的聲音說話。每天重複叫奧茲的名字一百遍。他和奧茲分食熱狗。甚至陪著一起吃狗餅乾——老實說，他覺得狗餅乾還滿好吃的，但似乎也一樣沒用。除非派屈克睡著了，奧茲從來不肯離開箱子。而且還有運動鞋便盆的問題。派屈克向媽媽保證這是好事，因為這代表奧茲是一隻聰明的小狗。媽媽並不認為這有什麼了不起，於是派屈克開始擔心暑假會在他和奧茲還沒相互了解之前就結束了。他也擔憂未來為了隔開爸爸和他的過敏症，可能每天上學都得把奧茲關在房裡，直到放學回家。

　　一天，派屈克盤腿坐在奧茲的箱子前面。男孩和小狗用悲傷的眼神互看。

　　「來啦，小子，」派屈克說：「你必須出來才行。你需要洗個澡，我的運動鞋也快被你用光了。求求你，奧茲。我是個好人，真的。我不會傷害你，你可

以相信我。讓我當你的朋友，你當我的朋友怎麼樣？那麼我們就是一個團隊，可以一起出去交更多朋友。」

奧茲唯一的回答就是牠獨特的嗚咽聲。

「好吧，小子。」派屈克嘆道，然後翻開《一級棒狗兒養成術》的下一章。

◆　◆　◆

過了一會兒，派屈克的外公走進房間，瞧瞧奧茲計畫的進展如何。他每天都過來看個五、六次，而且總是問同樣的問題：「夥伴，有什麼進展嗎？」

「沒有，」派屈克愁眉苦臉的說：「而且我只剩下一隻鞋子。用完以後，我們只能靠拖鞋了。」

外公在奧茲的箱子前面蹲下。「嘿，小傢伙。你今天不想出來嗎？」

奧茲又「嗚咽」一聲，外公一聽就僵住了。

「嘿！」外公說，現出一臉的驚訝。

「什麼？」派屈克問。

外公瞇起眼睛，若有所思的注視奧茲。「這隻狗的歌喉不錯喔。」

「外公真是滑稽。」派屈克說。

「我不是開玩笑的。我整個星期都在教樓下一個學生拉貝多芬的《快樂頌》。顯然學會的不止她一個。」

派屈克放下書。「你在開玩笑吧？」

「咱們試試看。」外公說著從口袋裡掏出一支六孔小笛。那是他的備用樂器，比大提琴輕便多了。外公很快吹出樂曲。奧茲從箱子後面注視，然後嗚嗚叫出大部分的旋律來回應，到末尾還多叫了兩、三個音。

　　外公對孫子眨著眼睛。「夥伴，人們都說：音樂能夠撫慰野蠻的野獸。看來也撫慰得了傷心的野獸吧。」

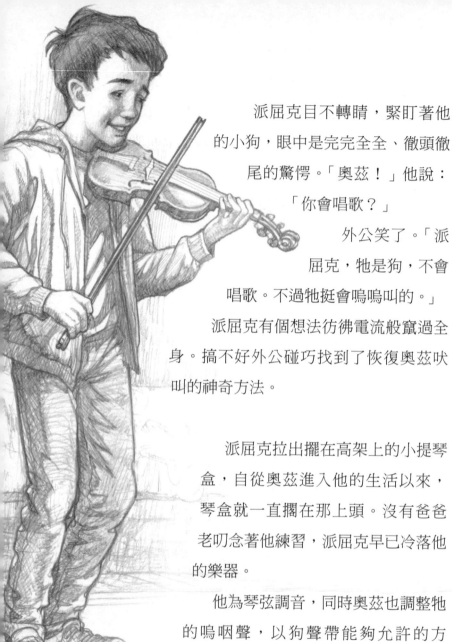

派屈克目不轉睛，緊盯著他的小狗，眼中是完完全全、徹頭徹尾的驚愕。「奧茲！」他說：「你會唱歌？」

外公笑了。「派屈克，牠是狗，不會唱歌。不過牠挺會嗚嗚叫的。」

派屈克有個想法彷彿電流般竄過全身。搞不好外公碰巧找到了恢復奧茲吠叫的神奇方法。

派屈克拉出擺在高架上的小提琴盒，自從奧茲進入他的生活以來，琴盒就一直擱在那上頭。沒有爸爸老叨念著他練習，派屈克早已冷落他的樂器。

他為琴弦調音，同時奧茲也調整牠的嗚咽聲，以狗聲帶能夠允許的方

式，盡可能發出近似的聲音。

「你的耳朵好厲害，奧茲。」派屈克說。

調好音後，派屈克拉起他也學過的《快樂頌》，奧茲哀哀哭號著同一首曲子回應。或多或少啦。

派屈克又嘗試拉奏《星際大戰》中黑武士達斯維達的主題曲，奧茲也嗚嗚叫出近似的調子。

「小子，試試這個。」派屈克開始拉奏一首傳統愛爾蘭曲風、名為《普蘭斯提的歐文》[1]的曲子。奧茲歪著腦袋聽了幾遍，但很快就學會了。實在令人難以置信。他的小狗真的有音樂天分嗎？

這會兒奧茲的前爪正在伸出箱子。

每拉一個音符，派屈克就從箱子旁邊移開一點點，奧茲也跟著移動，一直到流浪狗奧茲完全走出箱子，這是牠來到新家後，

---

1 普蘭斯提「Planxty」是愛爾蘭的民謠樂團，這首曲子是同名專輯中為紀念一個名叫歐文的人而作。

頭一次在派屈克醒著時離開箱子。

　　派屈克露出微笑。「你覺得怎麼樣，奧茲？我
們終於是哥兒們了嗎？」

　　奧茲的回應方式是在窗邊的一隻鞋子裡撒尿。

　　派屈克跑到房外的樓梯平臺上，朝著下面的階
梯大喊：「外公，音樂真的有用耶！你是個天才！」
外公的笑聲在樓梯間迴盪，緊跟著說：「我是個天
才，你終於發現啦。」

派屈克回到房間，正納悶著接下來要讓奧茲試
哪首曲子，這時才發現另一個問題已順利解決。
奧茲找到了自己的新床。

派屈克掏出手機拍了張照片，然後傳給在澳洲的爸爸。

幾分鐘後，手機響了。螢幕上閃著爸爸的電話號碼。

派屈克滑動手指接聽。「爸！收到照片了嗎？」

「收到了，派屈克！」爸爸說道，儘管人在南半球，聲音聽來卻無比清晰。「看來你好不容易把奧茲誘出一個箱子，牠又進了另一個箱子！」

「對啊。我用的是小提琴。奧茲會唱歌嘞，爸爸。」

爸爸哈哈笑了。「我跟樂團團員說了奧茲的事，說你用我們巡演的地點替狗取名字，他們覺得好玩極了。繼續傳照片給我，兒子。」

「我會的。我還為運動鞋裡的狗便便拍了一張很棒的照片。你要不要看？」

「當然要啦。」

「外公說那張構圖非常驚人。」

「噢，想必是真的。」

派屈克深深吸了一口氣。如果奧茲能夠鼓起勇氣，他也可以。他瞅了一眼在小提琴盒裡睡著的奧茲，決定坦率的開口。「爸，你是不是不喜歡外公了？所以你今年暑假才不來？」

　　爸爸沉默片刻，然後說道：「不是的，我很喜歡你外公。我們還有幾場表演，如此而已。」

　　「我查過你們的網站，」派屈克說：「最後一場演出是一週以前。」

　　「我知道，」爸爸說：「不過我們還有幾場私人表演。最後一分鐘才冒出來的邀請。為企業表演。在雪梨。」

　　經常都有臨時受邀的表演，爸爸向來說：我們這一行，不能拒絕有薪水的工作。

　　「但是你不會去紐西蘭吧？」

　　「不會。只待在雪梨。」

　　「那你到底什麼時候回家？」

　　「我不確定，」爸爸說：「還在敲定幾個細節。」

　　「所以，沒有確切日期？」

「還沒有。快了。然後我們很快就可以好好聊聊。」

「要面對面，爸爸。手機輻射有害我的大腦發育，你知道嗎？」

「我聽說了。我可不想

妨礙你的大腦發育。」

「所以說——很快，爸爸。你保證？」

「很快，」爸爸說：「等我把事情整理好。」

但他沒有保證。

◆　　◆　　◆

　　後來媽媽幫派屈克拉被子時，他把這段談話告訴她了，今年夏天她又開始在睡前幫他蓋被子。

　　「爸不肯告訴我什麼時候回家。」他說。

　　媽媽嘆了口氣。「我幫不了你，派屈克。等爸爸準備好了，就會告訴你。」

　　「出了什麼事，對不對？」派屈克說，但媽媽換了個話題。

　　「我看到奧茲為自己找到一張新床了。我敢打賭，肯定比箱子舒服多了。」

　　「外公教我怎麼把牠弄出箱子。」

　　媽媽假裝一臉震驚。「外公？那我呢？我幫你買了那本書，難道沒有一點功勞？」

　　「大概有百分之二十吧。」派屈克說。

　　「只有二十？」

　　「妳二十，外公二十。」

「其餘是誰的功勞呢？」媽媽問，不過她猜得出答案。

　　「奧茲，」派屈克說：「奧茲六十。」

第六章

　　在初步的突破之後，奧茲戰線的一切進展相當快速。接下來的幾天，派屈克拉小提琴的時間比以往還多。他拉吉格舞曲與輕快的蘇格蘭雙人舞曲，拉古典協奏曲和流行音樂，也拉電影主題曲和廣告歌曲。其實他把五年小提琴課中學到的每一首曲子統統拉過了，奧茲也對著他哭號或嗚嗚叫出每個音。（除了鄉村西部音樂，牠好像不太喜歡。）

　　可是進步到了某個點就停住了。

　　奧茲依然不肯離開房間。牠嗚嗚叫出派屈克拉

奏的任何曲調，甚至創作了一些自己的曲子，外公聽了也不得不承認相當不賴。奧茲願意接受派屈克給的食物，甚至讓他整理儀容（只要派屈克幫牠洗刷身子時，外公能在樓下拉大提琴的話），過不了多久，牠看來就像一隻嶄新的狗了。牠的如廁訓練進行順利，只要把報紙鋪在房間一角，奧茲就會開開心心的便溺在那上面，因此派屈克再也不必犧牲自己的運動鞋了。小提琴盒已成為牠永久的睡榻，也開始把派屈克舊的動漫人物公仔收集在琴盒蓋上，當作啃咬的玩具。

然而，不管派屈克如何想盡辦法引誘奧茲下樓，牠頂多只願意把鼻子伸出房門，簡直就像是只打算信任派屈克到這個程度為止。

　　終於，派屈克決定打通電話給贊恩。

　　「我很驚訝你居然這麼快就把牠弄出箱子了，」贊恩說：「不過奧茲害怕出去外面，是因為牠還是叫不出來，夥伴。牠會號叫了，但不是吠叫。你需要伸手到牠裡面，拉出牠的吠叫聲才行。（我說「裡面」當然不是字面上的意思，因為你的手會變得黏答答，而且奧茲可能會咬掉你的手指頭。）我想說的是：教你的狗吠叫。因為當一隻狗對某個東西吠叫時，就表示牠不再那麼害怕了。」

　　贊恩說得好像很容易的樣子——教你的狗吠叫。但要怎麼教呢？

　　派屈克坐在奧茲身邊，小提琴橫擺在兩隻膝蓋上，然後堅定的說：「來，小子。叫吧！」

　　奧茲只是眨著眼睛，號叫著《王老先生有塊地》一開頭的音節。派屈克翻找《一級棒狗兒養成

術》的目錄，可是都沒提到該怎麼教狗吠叫。他打電話給家鄉的朋友艾瑞克，他養了一隻雪納瑞犬，名字也叫艾瑞克（實在很容易搞混），艾瑞克說：「我根本無法讓我的狗停止狂吠。要不要交換一下？」

派屈克回答：「不要。」

媽媽建議派屈克示範給奧茲看看吠叫是多麼容易，因此一天下午，派屈克跪在奧茲面前，覺得自己不止有點蠢而已。

「汪，」他說：「汪汪。嗚汪嗚汪。」

奧茲看著派屈克，活像他是個傻子。派屈克覺得或許奧茲是對的。

「嚇奧茲一跳，」外公說：「就像有人打嗝時的作法。」

但是派屈克認為也許奧茲此生受過的驚嚇已經夠多了。

派屈克觀看YouTube上的狗狗影片，注意到狗一旦發現附近有貓的話，大多都會拚了命狂吠。

一隻貓！他想。我可以假裝自己是一隻貓。

於是一天早上，上完一節小提琴搭配狗嗥叫的課程後，派屈克坐在奧茲面前，學貓舉起爪子的模樣舉起雙手。「喵，」他說：「喵。」

奧茲抬起頭來，舔了舔派屈克的手指。

「嘿！」派屈克邊說邊笑著抽回手指。舔一下很不錯，可惜不是吠叫。

真令人沮喪。派屈克空閒下來的每分鐘都陪著奧茲，可惜還是無法讓牠明白。奧茲似乎十分滿足於待在派屈克的房間裡嗚嗚叫。

「小子，你不懂嗎？」派屈克問：「我們再過不久就必須離開這裡回家了。」

但奧茲當然聽不懂。牠是一隻狗。

媽媽一直忙著教課，忙著思考柯恩一家人的生活，但還不至於忙到沒注意到派屈克很想念爸爸，想念他們總是在暑假一起做些搞笑的事。而現在他剛養的小狗卻把他倆都困在屋裡了。

假如派屈克的爸爸在這裡的話，她想，這會兒他們父子恐怕早就到外面去玩了。

這個想法引出另一個想法，又帶出一個點子。

媽媽敲著派屈克的房門時，他正在試驗逗奧茲吠叫的新點子。

「你戴著貓面具呀。」她走進房間時說道。

「是我自己做的，」派屈克說：「我在一顆氣球上糊滿混

凝紙漿[1]。」

「很有真實感。」媽媽說。

派屈克摘掉面具。「奧茲好像不這麼想。」

「還是不叫？」

「不叫，」派屈克悶悶不樂的說：「也不走出房間，沒有一點進展。暑假都快過一半了，我們還沒玩過我丟你撿的遊戲。」

媽媽穿過房間走到窗前，拉開了窗簾。

「噢，搞不好我幫得上你們兩個的忙。」

「我很懷疑，」派屈克說：「整個網際網路都幫不了我們。」

「有時候，」媽媽說：「媽媽要比網際網路更有智慧。」說著她打開窗子，只開一道小縫。

「媽？」派屈克說：「妳在幹麼？」

媽媽瞇起眼睛，揮動雙臂。「魔法，我疑心重的兒子，」她說：「魔法。」

---

1 用紙屑、膠質、麵糊等混合製成，可用於製作裝飾品或模型。

一時之間，魔法在他和他的狗身上都沒有發生任何作用。然後奧茲抬起鼻子猛嗅猛聞。

嗚汪，小狗說。

派屈克驚愕不已。「小子，你剛才叫了嗎？那是一聲吠叫？」

嗚汪！嗚汪！奧茲吠叫著。毫無疑問。奧茲恢復了吠聲。

派屈克簡直不敢相信。他擁有一隻會吠叫的狗了。「你做到了，夥伴。你會叫了！現在你是一隻長大成熟、能吠會叫的狗了。」

「看吧！」媽媽說：「永遠不要懷疑媽媽的智慧。」

「妳做了什麼？」派屈克問。「我什麼法子都試過了。」

媽媽輕輕敲一下她的頭。

「用我的老腦袋瓜，派屈克。我對自己說，那隻狗正在為了某件事難過，就像派屈克正在為了某件事難過一樣。」

「我在難過爸爸離我那麼遠。」派屈克說。

「答對了。」媽媽說。

派屈克還沒搞懂這話的意思，奧茲已飛奔過他身邊，然後把鼻子伸出敞開的窗子，拚了命的嗥叫狂吠。每吠一聲，就彷彿是馬達發動了似的踢起兩隻後腿，並且猛搖尾巴。

派屈克跑到窗前往外瞧。只見贊恩
站在人行道上，手裡牽著一條狗。
那隻狗看來就像年紀老一點的
奧茲。

「那是……？」

媽媽點頭。「那是奧茲的媽媽。贊恩知道哪裡找得到牠。」

「媽媽！」派屈克說：「妳真是不可思議！妳是天才！」

媽媽屈身行禮。「謝謝你，我的兒子。你當然是對的。」

奧茲興奮得幾乎控制不了自己。牠在房間四處蹦蹦跳跳，爪子舉得老高，狂吠的模樣活像是有人付錢給牠大叫特叫。

「嗚吼！」派屈克大喊，連他自己也想吠叫幾聲了。「去吧，奧茲！」

但是在出去外面之前，他們仍然有許多障礙需要克服。比方說項圈。每當派屈克嘗試為奧茲戴上項圈時，小狗就會退回箱子裡，然後在那兒待上一個鐘頭。這回，派屈克把項圈放在奧茲床前的地板上，小狗立刻縮得老遠。

媽媽把窗子開得更大了，於是奧茲使勁聞著狗

媽媽的味道。

　　嗚汪嗚汪嗚汪——奧茲對項圈說著。不管他的狗腦袋裡有過什麼可怕的回憶，此時統統煙消雲散，項圈變成只是項圈罷了。

　　派屈克繫緊項圈，然後扣在牽繩上。奧茲跟隨派屈克走到樓梯頂上，忽然停下腳步，哀哀號叫出蕭邦《送葬進行曲》的第一小節。這可不是什麼好兆頭。

　　「來吧，奧茲，」派屈克說著舉步走下樓梯。「來啊，小傢伙。一次走一步。」

　　嗚汪！奧茲說，隨即走下第一步。走過好幾步以後，牠才習慣走樓梯，一人一狗很快的來到一樓。但是狗狗還沒完成要做的事，牠需要到外面去

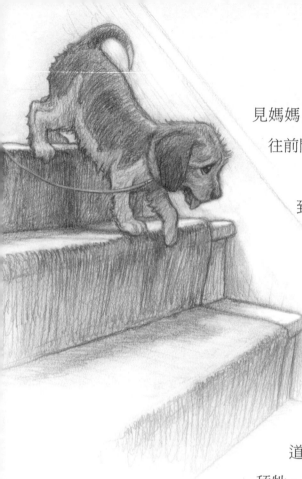

見媽媽。牠緊拉著牽繩，拉往前門的方向。

看來奧茲已準備好到外面冒險去了。

派屈克打開前門後，奧茲把鼻子伸到陽光下聞了聞，覺得挺滿意的，於是拉著派屈克來到外面龜裂的人行道上，媽媽在那裡等著舔牠，用鼻子搔牠的癢。

「我最喜歡看到家人團圓了，」贊恩說：「你媽媽很聰明。我早該想到這個方法的。」

「奧茲到外面了！」派屈克說：「我真的無法相信。」

贊恩搔搔奧茲的頭。「奧茲隨時可以去看媽媽。我幫牠在這條街尾找到一個家。戴維森太太剛剛失去她的老柯基犬。奧茲的媽媽非常適合她。她給牠取名叫維多莉亞。」

　　派屈克跪了下去，加入奧茲和牠媽媽之間扭動不止的擁抱。

　　「我簡直無法相信，」他又說一遍。「奧茲，我真的無法相信你做到了！」

　　贊恩伸手從口袋裡掏出一顆網球。「嘿，現在還很早。我們要不要到公園，一起小玩一下我丟你撿啊？」

　　派屈克覺得他的頭快要爆炸了。「我丟你撿？那就太驚人了！」他轉向站在門口的媽媽和外公，其他學生及老師也都出來瞧瞧這番騷動究竟是怎麼回事。

　　「可以嗎？我可以去嗎？」

　　「小子，你在開玩笑吧？」外公說：「我們跟你一起去。」

然後他們去了。所有的人。派屈克、媽媽、外公、贊恩、奧茲、維多莉亞、三位音樂老師，以及十一名音樂班的學生。

第七章

　　那是派屈克一生中最棒的夏天。倘若派屈克的爸爸也能在場親眼目睹的話，那絕對是一個完美的夏天。

　　派屈克天天發訊息給爸爸，並且傳了幾十張奧茲的照片，其中有奧茲探望牠的狗媽媽，或做出各種滑稽的動作，比方說在公園裡追逐自己的尾巴，或躺在陽光下，把四隻狗爪子抬得高高的，滿臉幸福到極點的表情。爸爸向來都會答覆，但從不細說他什麼時候要回家和奧茲見面，或他將如何應付這

一切而不拚命打噴嚏。

　　媽媽通常都在教課，但她週三和週日沒課，所以這些日子就全家出遊。他們到海灘遠足，奧茲整個樂翻天了，花了好幾個小時拚命拉扯海草。他們爬上基里尼山[1]，個個累得筋疲力竭。他們也參加狗派對，奧茲可以趁機和附近別的狗兒一起玩耍，包括維多莉亞。

　　他們請當地的獸醫為奧茲做了澈底的檢查。牠的疫苗統統重新打過，修剪了爪子和毛，清潔了耳朵。總而言之，到了八月中旬，奧茲已從一隻心靈受創、慘遭遺棄的幼犬，變成備受關愛的健康小狗。

---

1 位於都柏林郊區，可俯瞰都柏林灣。

儘管派屈克將全副精神都放在狗夥伴的轉變上，但他偶爾在媽媽沒發現時悄悄觀察，仍不免看出她一臉的悲傷。

　　媽媽掩飾得很好，但他不必是天才，也明白她悲傷的源頭就是爸爸。

第八章

　　一天下午，派屈克在奧茲鼻子的幫助之下，總算找到躺在花園吊床上的媽媽。

　　「媽，我跟爸爸已經傳了幾星期的訊息了，他還是不肯說什麼時候要回家。到底怎麼回事？」

　　媽媽坐了起來。「現在是問問題時間吧？我很驚訝我竟然逃避了這麼久。」

　　「我有好多好多問題。其中一個是妳為什麼傷心？還有，我們回家的時候會發生什麼事？我知道妳不希望我把奧茲留在外公家。」

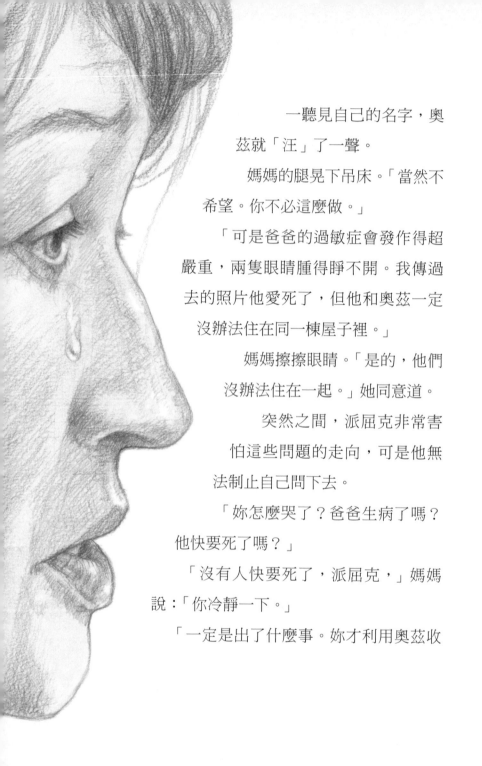

　　一聽見自己的名字，奧茲就「汪」了一聲。

　　媽媽的腿晃下吊床。「當然不希望。你不必這麼做。」

　　「可是爸爸的過敏症會發作得超嚴重，兩隻眼睛腫得睜不開。我傳過去的照片他愛死了，但他和奧茲一定沒辦法住在同一棟屋子裡。」

　　媽媽擦擦眼睛。「是的，他們沒辦法住在一起。」她同意道。

　　突然之間，派屈克非常害怕這些問題的走向，可是他無法制止自己問下去。

　　「妳怎麼哭了？爸爸生病了嗎？他快要死了嗎？」

　　「沒有人快要死了，派屈克，」媽媽說：「你冷靜一下。」

　　「一定是出了什麼事。妳才利用奧茲收

買我⋯⋯」

汪汪！

媽媽擤了擤鼻子，再深吸一口氣。她花了點時間才回答。

「我們不回家了，派屈克，」她終於說出口了。「現在這裡就是我們的家。」

派屈克的眼睛睜得好大，嘴巴大張。「這裡是我們的家？這裡？外公家？」

「這裡就是我們的家，」媽媽再重複一遍。「因為我和你爸分居了。去年他在雪梨交到一個新的女朋友，她會跟他一起回去。我不想待在同一個村子，所以我們搬來這裡。」

派屈克簡直不敢相信。爸爸要離開他們？可是爸爸是爸爸耶，是他的爸爸。派屈克聽說過別人的爸媽分居或離婚。可是他的爸媽？

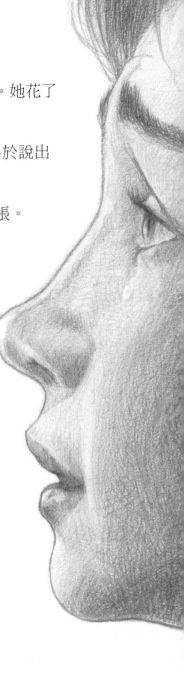

「我天天都跟爸爸說話，他從來沒告訴我他交了新的女朋友。」派屈克說。

　　「是的，」媽媽說：「他沒說，而他應該說的。我跟他說這事一直瞞著你實在很不公平，說了一百遍。」

　　「可是妳和爸爸彼此相愛！」

　　「他不再愛我了，」媽媽說：「但他愛你。」

　　派屈克無法接受這個消息。

　　許多許多問題哽在他的喉嚨裡，猶如堵塞不通的排水管。「可是……」他說。

　　「那如果……？」

　　「我們應該到哪裡去……？」

　　然後他終於問了一個完整的問題。

「真的沒辦法了嗎？」

　　媽媽默默點頭，派屈克完全僵住了，一動也不動，彷彿處理太多指令的電腦一樣當機了。

　　他維持那個樣子很長一段時間，然後才轉身走進屋裡。

　　奧茲哀號一聲，舔了舔媽媽的手。

　　「嘿，小子，」媽媽說：「別擔心。派屈克會沒事的。不然今天讓我帶你出去散個步怎麼樣？」

◆ ◆ ◆

　　派屈克躺在床上想著爸爸。派屈克向來喜歡自
己的爸爸跟別人的爸爸有點不一樣。首先是他在樂
團裡拉小提琴，而且他從來不愛正正經經說話，比

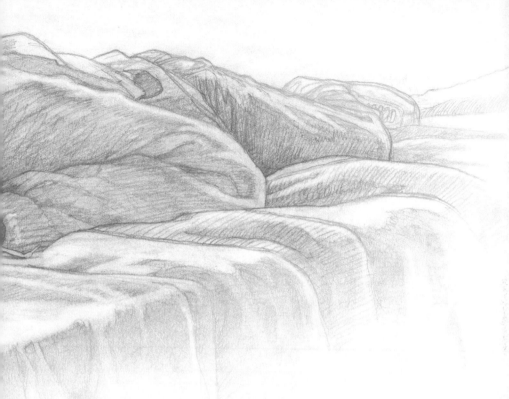

方說：記得一定要拿牙刷把後面的大牙好好刷個乾
淨。或是：我知道地理課把人搞得迷迷糊糊，尤其
是歐洲那些小小的國家。相反的，派屈克覺得爸爸
對他說的大部分事情都很重要，譬如：兒子，記得
世上有些事情無人能懂。或是：說到底，幾乎在所
有狀況下，終歸是腦筋要動得快。或是派屈克最喜
歡的：大多數人都是自以為聰明的笨蛋，只有少數
人聰明到知道自己是笨蛋，那些才是聰明人。仔細

想過之後，這些話還滿有道理，而且也能當笑話聽，或是當繞口令講。

現在爸爸卻不回家了。

他是不是找到一個新兒子了？一個更好的、天天練習拉小提琴的兒子？

派屈克發了一個訊息給爸爸：

你是不是找到一個更好的兒子了？是這樣嗎？

發完後，他連回覆也沒等，就關掉了手機，並且丟到地板上。他覺得每個人都在欺騙他。爸爸欺

騙他，外公配合演出，就連媽媽也利用一隻狗分散他的注意力。

然後派屈克發覺一件事。即使爸爸改變主意要回來，只要和奧茲在一起，他們想回去也不行。

派屈克把頭埋在枕頭上反反覆覆想著，一直想到頭疼。

外公無法照顧一隻狗。他一星期連五分鐘的空閒也沒有。

不管派屈克怎麼看，他的家庭若要恢復圓滿，只能靠自己了。

　　是的，爸爸離開他了，但又不必非如此不可。情況可能會有改變。有一件事是確定的——他最盼望的，就是一切恢復原來的樣子。

　　接著他做了這輩子最艱難的決定。這個想法令他反胃，但是派屈克明白奧茲非離開不可。

　　他最好的朋友必須回到動物收容所。

第九章

　　奧茲知道牠的新名字叫「奧茲」，因為牠的夥伴派屈克每天叫了一百遍。現在不管派屈克什麼時候叫牠的名字，奧茲都立刻以吠聲回應：奧茲！奧茲！

　　雖然聽起來很像是一般的吠聲，不過奧茲十分確定派屈克聽得出其中的差別，因為派屈克是牠最要好的朋友。奧茲也會叫「派—屈克」，聽起來也很像是一般的吠聲，但派屈克聽得出來。奧茲相當有把握。

自從奧茲被帶離媽媽身邊以來，此刻是牠最幸福的時刻，而對奧茲來說，幸福讓世界顯得更加光明燦爛。牠床上的紅色天鵝絨襯裡似乎會發出紅光，狗碗也被廚房窗戶的光線照得銀光閃耀。

　　在那段糟糕的日子之後，奧茲現在的吠聲是最響亮的，而且牠最喜歡做的，莫過於炫耀自己的吠叫聲。牠每天的第一件事，就是蹦出那張特別的床鋪，然後巡邏整棟屋子，跑到每個房間激烈的狂吠，只為警告這棟屋子裡任何的壞東西這裡受到忠狗奧茲的保護。一旦任務完成、住家安全之後，奧茲便踢起爪子慢慢跑過廚房，就算地上鋪的是紅白相間的地磚，牠也不再害怕，接著牠會在那裡找到夥伴，好棒的派屈克正跪在奧茲的狗碗前面，一遍又一遍叫著牠的名字。好棒的派屈克每叫一次，奧茲馬上就叫著他的名字回應。

　　可是今天早上派屈克不在廚房。奧茲的狗碗裡盛了食物，不過食物的形狀不對。派屈克向來把食物倒成一座中央尖尖的小山形狀。這回食物卻攤得

平平的。

　　錯了，奧茲想，所以牠沒吃。

　　真誠又忠心的奧茲跑去尋找他的夥伴派屈克，發現他坐在一個影像盒子前面的椅子上。牠對奧茲的招呼聲毫無反應，不過奧茲把腦袋放在派屈克來回晃蕩的手底下，想討個大清早的拍拍頭時，他倒是有反應了。他的反應就是站起來走開，沒有拍他的夥伴奧茲一下。

　　所以，不打招呼，也不拍拍頭。

　　錯了。錯了。錯了。

　　奧茲設法跟在派屈克後面，可是派屈克指著地板，發出「待著」的聲音，奧茲知道這是不要動的意思，所以牠沒動。

　　派屈克爬上樓梯回到房間，緊緊關上了門。

　　奧茲有點擔心，但不是太擔心。派屈克是好棒又好帥的，只要派屈克好棒的媽媽給他一個擁抱，或是一杯水，他就恢復原狀了。

　　不過派屈克那天一直沒有恢復原狀。其實之後

接連好幾天，派屈克似乎失去了使他好
棒又好帥的派屈克特質。

　　無論奧茲怎麼吠叫或騰跳，派屈克
也不想玩耍，而且其他好人都會把奧茲
帶離好棒的派屈克身邊，好像他的夥伴
　不想見到他的朋友似的。

於是奧茲發出吠聲：「派—屈克！派—屈克！奧茲！」提醒派屈克他倆是最要好的朋友。

　　然後發生一件可怕的事，媽媽帶奧茲坐上車子後座，去了那個有許多狗狗的地方，奧茲記得那是過渡期待過的地方。壞日子和好日子之間的日子。贊恩是那裡的老大。

　　贊恩是好，但不是好極了，奧茲安靜的待在狗欄裡，過了好幾天沒有派屈克的日子，記起了日子難過時的情形。牠不肯跟狗欄裡別的狗狗玩耍，繼續將心思放在派屈克身上，很想知道這輩子會不會再見到牠的夥伴一面。

　　狗欄裡的奧茲非常害怕。牠怕再也沒有更多好棒的海草，再也爬不上更多綠色的山丘，再也聽不到派屈克那根音樂棒子發出更多美妙的聲音，再也見不到媽媽。牠實在太害怕，連贊恩給的食物都沒吃。

奧茲記得壞日子過去之後，牠害怕萬一遭到壞人傷害而不想吠叫時，派屈克走進牠的生命，幫助牠叫出聲。可是現在，因為派屈克，牠知道人類也可能棒透了。

　　派屈克曾幫牠發出吠聲。現在牠也要幫好帥的派屈克恢復吠叫。牠非這麼做不可。

第十章

　　媽媽願意配合派屈克將奧茲送回動物收容所的唯一理由，就是她以為小狗幾天不在的話，兒子一定會恢復理智。可是一週過去了，他依然一樣頑固，於是她覺得真的是受夠了。

　　她回到動物收容所接奧茲時，坐在辦公桌前的剛好是贊恩。「幾天以前我就在等妳來了。」他說。

　　「我以為派屈克會崩潰，」媽媽說：「但他滿腦子想著只要有奧茲在，爸爸就不會回家。」

　　「他緊緊抱著一線希望，可憐的小男孩，」贊

恩說：「要我帶牠出來了嗎？」

「是的，」媽媽說：「派屈克和那隻小狗注定要在一起的。」

贊恩從後面走出辦公室，不一會兒，已經用繩子牽著奧茲回來了。「瞧瞧那張惹人愛的臉，」他說：「如果有誰能讓派屈克改變心意，絕對就是這個小傢伙。」

「但願如此，」媽媽說：「你可以的，小子，是不是啊？」

嗚汪，奧茲說。嗚汪，嗚汪，汪汪！

奧茲一直用鼻子抵在狗欄的橫槓之間等著派屈克。別的狗兒猛猛吠叫或吃東西或玩玩具時，奧茲總是守在崗位上等待好

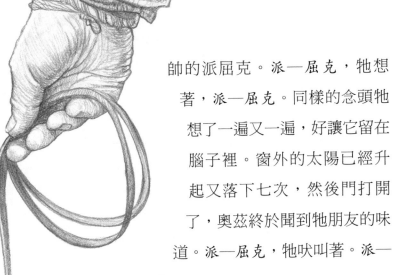

帥的派屈克。派──屈克，牠想著，派──屈克。同樣的念頭牠想了一遍又一遍，好讓它留在腦子裡。窗外的太陽已經升起又落下七次，然後門打開了，奧茲終於聞到牠朋友的味道。派──屈克，牠吠叫著。派──屈克！

可惜不是好帥的派屈克，而是他的媽媽，因為兩人常常相互擁抱，媽媽的衣服上沾了派屈克的氣味。

奧茲稍稍哀叫一下，但至少派屈克的媽媽來了。也許她會帶奧茲回到派屈克身邊，那也很棒。

兩個好人聊了一會兒，然後贊恩就放奧茲離開狗欄，牽著牠到狗旅行箱前。奧茲知道這就表示牠將進入那個吵雜的機器裡面，於是牠毫不猶豫的跳進箱子裡，因為吵雜的機器通常會帶牠回到派屈克的家。

派屈克在柯恩家的屋子裡看電視，不過他沒有真的在看。他想念爸爸，現在他也想念奧茲。可是他必須繼續堅強下去。要奧茲，還是要爸爸。

　　只有這兩個選項。

　　他腦袋裡有個聲音說：那真是愚蠢，你明明知道。

　　或許真的很蠢，不過有時候愚蠢的事就是事實。譬如說，他的親生爸爸明明在這裡就擁有一個愛他的家，他卻去找了另一個家。

　　他打開手機，發了一通簡短的訊息給爸爸：有時候愚蠢的事卻是事實。

　　發完他就關了手機，也不看幾十通未讀的訊息。

　　爸爸要是想跟他談，就必須面對面。

◆　　◆　　◆

　　奧茲走進前門時表現得乖巧而安靜，可是一聞到牠夥伴的氣味，就像顆子彈似的飛衝過廚房，爪子喀嚓喀嚓刮過地磚。

　　「奧茲，到這裡來，小子！」媽媽喊道，但已經來不及了。

　　派—屈克！他吠叫著。派—屈克！奧茲！

　　派屈克的反應不如奧茲的期望。奧茲期待的是像「奧茲好小子」！或者是「快過來夥伴」這種快

樂的聲音。他最愛的就是「快過來夥伴」，因為在
那之後往往是一陣扭打。奧茲覺得和派屈克扭打成
一團是全世界最棒的一件事了。

可是沒有扭打。奧茲汪汪吠叫時，派屈克嚇了
一跳，他不但沒有張開嘴巴，笑得露出滿口的牙
齒，反而用雙手摀住了臉。

奧茲汪汪叫個不停，而且還多了轉圈圈追尾
巴，直到轉得頭暈，跌倒在地為止。這個討喜的招

數向來教人招架不住，但是派屈克照樣不理不睬。

派—屈克！奧茲吠叫著。派—屈克。

奧茲跑到派屈克的兩腿之間，拿鼻子磨蹭他的肚子時，嗅到了一種味道。

一種他在可怕的地方時熟悉的味道，那是悲傷的味道，奧茲懂，是因為以前牠自己聞起來就像那樣，直到好帥的派屈克使牠擺脫悲傷，振作起來。好帥的派屈克幫助牠甩掉了悲傷的味道。

奧茲狺狺吠叫，因為牠突然間有了狗兒的靈機一動。牠忍痛離開好夥伴，然後飛奔上樓。

「奧茲！」媽媽大喊。「快下樓。我們的麻煩事已經夠多了，還有人在上課呢。」

奧茲充耳不聞，雖然不理會好帥的派屈克的媽媽讓牠覺得過意不去。牠跳上床，然後驚人的飛天一躍，蹦上了高架，在那裡找到了牠要的東西。

同樣的東西曾經帶牠到好帥的派屈克面前，也可能帶派屈克回到牠身邊——那把小提琴。

奧茲用下巴緊抵著那樂器，爬下樓，然後把小提琴放在派屈克的腳邊。琴弦顫動，空中響起「嗡」的一聲。

「噢，我的天……」媽媽說。派屈克抬起頭來。

奧茲舉起前爪，拉扯小提琴的琴弦，媽媽這才明白這隻神奇、令人難以置信的狗兒想要做什麼。

「就是這樣，」她說：「好小子！」

奧茲又撥起琴弦。接著又撥一次。一連串的音符響起，雖然調子不太協調，但仍然是音樂。然後牠吠叫起來。

派屈克眨著眼睛。「沒用的，奧茲，」他愁眉苦臉的說：「我什麼也做不了。我沒有選擇。」

　　狗狗的兩隻爪子繼續拉扯琴弦，一聽見派屈克的聲音，就搖起尾巴。

　　「奧茲，別叫了，」派屈克懇求道：「媽，求妳把奧茲帶走。」

　　可是媽媽站在小狗這邊。

　　「你的吠聲，」她激動的說：「奧茲是在幫你恢復你的吠聲！好小子，奧茲。好聰明的小傢伙。」

　　「牠是很聰明，」派屈克說：「我知道。但我養狗的話，我們哪天才回得了家？那對爸爸不公平。」

　　這話聽得媽媽進入了驚天動地的暴怒模式。自從媽媽有一回上皮拉提斯課遲到，倒車時撞到超級市場外安全島的擋柱以後，便再也不曾如此驚人的暴怒過。派屈克也不記得媽媽哪時曾對自己大發雷霆，這會兒她卻使勁跺著雙腳，雙手在空中胡亂揮舞。

　　「對爸爸不公平？」她說：「對爸爸不公平？」

「爸爸會過敏。」派屈克迅速說道，立刻意識到自己又說錯話了。

「過敏？」媽媽說：「過敏是嗎？他是對信守承諾過敏。對兒子實話實說過敏。噢，他的確是會過敏。」

奧茲連聲吠叫。真教人興奮。

「媽，」派屈克說：「爸爸會回來的。」

媽媽笑了。「噢，他會回來，他當然會回來。他會回來十分鐘或一小時，然後又飛回他的新女友身邊。但願他待在這裡的時候不會打噴嚏，是不是，派屈克？否則就太不幸了。」

聽見媽媽這麼談論爸爸，派屈克不禁感到有點震驚。沉默片刻之後，他才小聲問道：「媽，妳現在會恨爸爸嗎？」

「不會，甜心，」媽媽說：「我不恨你爸爸。我現在只是非常氣他，而他仍然跟以往一樣愛你。可是派屈克，你必須了解現在情況不同了。」媽媽坐到椅子扶手上緊摟著派屈克。「我們今年會過得比

較辛苦，派屈克，要適應新的生活。你得去新的學校上學，交新的朋友。外公必須習慣我們住在這裡，我也得重新開始全職工作。我們需要朋友，所有交得到的朋友。你有個朋友，派屈克，你有所有小男孩一輩子夢寐以求的知心朋友。即使是在你看來似乎不再愛牠的時候，牠也愛著你。」

　　忽然間媽媽哭了起來，淚水一波波湧出她的眼眶，而且渾身開始顫抖。她哭倒在派屈克的肩膀上，他尷尬而笨拙的輕拍媽媽的背。

　　奧茲是隻聰明的狗，一看見機會來了牠就知道。

牠攀爬上椅子，扭動毛茸茸的身體鑽到派屈克和媽媽之間。牠舔著派屈克的臉，於是派屈克知道送走自己的狗是多麼愚蠢。

　　「對不起，小子，」他說：「我們當一輩子的朋友，好嗎？你願意原諒我嗎？」

　　媽媽嗚咽著說：「牠當然願意啦，傻孩子。牠是你的狗。」

　　他們一起哭了好幾分鐘，同時奧茲嗚嗚叫著○○七電影主題曲，那是牠最喜歡的曲子之一。

　　外公從門口探頭進來。

　　「這裡出什麼事了？」他問道：「世界末日了嗎？可知道我們有些人還在努力工作欸。」

　　媽媽好不容易才從號啕大哭降級為小聲抽泣，可是一看見她父親，又放聲大哭起來。

　　「我可以空出五秒鐘來個擁抱，」外公說：「我學生還在隔壁房間。」

　　結果外公留下來擁抱將近整整三分鐘，然後才鑽出椅子。

「那麼，我猜我們會留下奧茲吧？」外公說。

「如果可以的話。」派屈克說著低頭盯著自己的腳。

「當然。大家都愛奧茲。我認為已經有學生報名上課，就為了見一見這隻神奇的唱歌狗。不過你爸爸來看你們的時候怎麼辦呢？」

派屈克想了一下。「他在的時候，也許媽媽可以牽奧茲出去散個步。」

「或者是，」媽媽說：「你爸可以吃抗組織胺藥[1]。想想哪，那麼他每一次都得吞下一顆小小的藥丸。可怕極了。」接著她說：「抱歉。我最近老是這樣，冷諷熱嘲。對不起，派屈克。」

派—屈克，奧茲吠叫著。派—屈克。

「媽，妳知道嗎？」派屈克說：「我認為奧茲吠叫時，牠是想叫派屈克。妳知道：派—屈克。」

派—屈克，奧茲說。

---

1 改善過敏症狀的藥物。

媽媽緊緊擁抱兒子和他的狗。「奧茲是一隻非常聰明的小狗。」

兩個人都說對了。

「現在，」媽媽說：「我們需要著手解決問題。你準備好和你爸談一談了嗎？我知道你一直沒有回覆他的訊息。」

「我們需要談一談，不是傳訊息。」派屈克堅定的說。派屈克的手機放在茶几上。媽媽將它拿起來交到他手上。

「那你也得告訴你爸才行，甜心。」她說。

派屈克接過手機，然後滑到爸爸的號碼。

派—屈克！奧茲說：派—屈克！派—屈克。

等待爸爸接聽時，派屈克用空出來的手臂摟住他最要好朋友的脖子。

◆　◆　◆

奧茲感覺派屈克的手指在牠的毛皮之間，於是牠知道一切又變得好棒了。有好人，有綠色的山丘和美味的食物。牠會隨著派屈克的音樂棒子一起嚎叫，牠會去看媽媽，而媽媽會講故事給牠聽。

到了晚上，牠會睡在紅色的天鵝絨床上。

奧茲是一隻聰明的小狗，牠知道有時會發生壞事，但壞事絕對不是好狗奧茲和好帥的派屈克的對手。他們永遠都會在一起。

我的男孩，奧茲想。好帥的派屈克永遠都是我的男孩。

故事館 103
我想聽見你的聲音

作　　　者　歐因‧柯弗（Eoin Colfer）
繪　　　者　P.J. 林區（P.J. Lynch）
譯　　　者　趙永芬
封 面 設 計　達　姆
編 輯 協 力　葛蕎安

國 際 版 權　吳玲緯
行　　　銷　何維民　吳宇軒　陳欣岑　林欣平
業　　　務　李再星　陳紫晴　陳美燕　葉晉源
總 編 輯　巫維珍
編 輯 總 監　劉麗真
總 經 理　陳逸瑛
發 行 人　涂玉雲
出　　　版　小麥田出版
　　　　　　地址：10483 台北市中山區民生東路二段 141 號 5 樓
　　　　　　電話：(02)2500-7696
　　　　　　傳真：(02)2500-1967
發　　　行　英屬蓋曼群島商家庭傳媒股份有限公司城邦分公司
　　　　　　地址：10483 台北市中山區民生東路二段 141 號 11 樓
　　　　　　網址：http://www.cite.com.tw
　　　　　　客服專線：(02)2500-7718 ｜ 2500-7719
　　　　　　24 小時傳真專線：(02)2500-1990 ｜ 2500-1991
　　　　　　服務時間：週一至週五 09:30-12:00 ｜ 13:30-17:00
　　　　　　劃撥帳號：19863813　　戶名：書虫股份有限公司
　　　　　　讀者服務信箱：service@readingclub.com.tw
香港發行所　城邦（香港）出版集團有限公司
　　　　　　地址：香港灣仔駱克道 193 號東超商業中心 1 樓
　　　　　　電話：+852-2508-6231
　　　　　　傳真：+852-2578-9337
馬新發行所　城邦（馬新）出版集團【Cite(M) Sdn. Bhd. (458372U)】
　　　　　　地址：41-3, Jalan Radin Anum, Bandar Baru Sri Petaling,
　　　　　　　　　 57000 Kuala Lumpur, Malaysia.
　　　　　　電話：+6(03) 9056 3833
　　　　　　傳真：+6(03) 9057 6622
　　　　　　讀者服務信箱：services@cite.my
麥田部落格　http://ryefield.pixnet.net
印　　　刷　漾格科技股份有限公司
初　　　版　2022 年 1 月
售　　　價　280 元

國家圖書館出版品預行編目資料

我想聽見你的聲音／歐因‧柯弗（Eoin
Colfer）著；趙永芬譯. -- 初版. -- 臺北
市：小麥田出版：英屬蓋曼群島商家庭
傳媒股份有限公司城邦分公司發行，
2022.01
　面；　公分. --（故事館；103）
譯自：The dog who lost his bark
ISBN 978-626-7000-15-1（平裝）

873.859　　　　　　　　　 110013101

城邦讀書花園
www.cite.com.tw
書店網址：www.cite.com.tw